Michel Tournier

Lucio oder die Belagerung des Glücks

Michel Tournier

Lucio oder die Belagerung des Glücks

Aus dem Französischen von
Hellmut Waller

Carl Hanser Verlag

Die Originalausgabe erschien 1994 unter dem Titel
La couleuvrine
beim Verlag Gallimard Jeunesse, Paris

Die Schreibweise in diesem Buch entspricht
den Regeln der neuen Rechtschreibung.

1 2 3 4 5 03 02 01 00 99

ISBN 3-446-18425-2

Umschlagbild: Henriette Sauvant
Satz: Satz für Satz. Barbara Reischmann, Leutkirch
Druck und Bindung: Franz Spiegel Buch GmbH, Ulm
Printed in Germany

1
Der Feind, den es zu schlagen gilt

Fortuna. Die ziemlich grobe Zeichnung stellte eine Frau dar, eine üppige Gestalt mit verbundenen Augen, auf einem Rad stehend, in der rechten Hand eine Peitsche, in der linken ein Füllhorn: Fortuna, die Göttin des Glücks und des Unglücks, wie sie, harte Schläge und gute Gaben blind austeilend, durch die irdischen Gefilde streift. Jérôme Faber kritzelte auf den Rand des Bildes das Deleatur-Zeichen – »ist zu löschen« –, mit dem die Buchdrucker die Worte versehen, die zu tilgen sind. Für ihn war Fortuna der Feind, den es zu schlagen, der Aberglaube, den es zu vernichten galt, auf dass über Dinge und Geschehnisse allein die Vernunft, die Rechenkunst, die Klarheit des Kalenders herrschten. Dass nichts dem Zufall überlassen bleibe ... Doch welch weiter Weg war bis dahin noch zurückzulegen in einer Finsternis voll tückischer Fußangeln!

Er stand auf, ging ein paar Schritte durchs Zimmer und trat ans Fenster. Er bewohnte das ganze vorletzte Stockwerk im Eckturm des Schlosses. Er hatte diese von den Gemächern des Schlossherrn weit entfernte Behausung gewählt, um sich dort seiner Ruhe zu erfreuen und für seine Bücher und Manuskripte genug Platz zu haben. Schloss Cléricourt stand hoch aufragend am Ufer der Loire, deren Wasser man durch die Bäume heraufschimmern sah. Nur spärlich erhoben Bauernhöfe ihre braunen Rücken inmitten des Weidelands, und weiter im Süden stach der Kirchturm des Marktfleckens Boisrenard in den blassen Himmel. Faber ließ seinen Blick über das blühende, friedliche, spätsommerlich schläfrige Land schweifen. Er hatte eine Hand voll Weizenkörner auf den Fenstersims gestreut und sah mit Vergnügen zu, wie sich die Vögel darum zankten. Ein weißes Taubenpaar, das lustlos da und dort ein wenig herumgepickt hatte, stolzierte mit geschwellter Brust umher.

Lächelnd beobachtete Faber die beiden, da hörte er plötzlich, wie etwas leise durch die Luft pfiff, dann einen vom Gefieder gedämpften Aufschlag, und eine der beiden Tauben, von einem Stein voll an der Brust getroffen, sank zerzaust in die Dachrinne. Die andere suchte erschrocken das Weite. Ein helles Lachen erscholl, und der Kopf eines Jungen tauchte in der Schießscharte der unterhalb vorbeiführenden Wehrmauer auf. Es war Lucio, Fabers kleiner Sohn, und er schwang triumphierend eine vorsintflutliche Schleuder, bestehend aus einem Stück Leder mit zwei Enden Schnur daran. Er hatte durchaus Grund zu triumphieren, wenn er mit einem solchen Ding den Vogel aus so weitem Abstand getroffen hatte! Doch er hätte ganz genauso gut auch seinen Vater am Kopf treffen können. Faber fühlte Gereiztheit in sich aufsteigen, unterdrückte sie aber sofort. Wie schon oft flößte der Junge ihm eine Mischung aus Schrecken und Bewunderung ein, denn der hatte zwar oft unüberlegt gehandelt, doch dabei immer irgendwie Glück gehabt.

Diesen Lucio hatte Faber von einer langen Studienreise mitgebracht, die ihn zu den größten Universitäten Europas geführt und in Venedig geendet hatte. Dort hätte er gerne das Geheimnis der Glasmachermeister gelüftet, deren Spiegel, Pokale und Lüster vom ganzen Abendland bewundert wurden. Die Venezianer jedoch führten – mit spöttischem Lächeln – das Gelingen ihrer Meisterwerke bald auf den Sand, bald auf das Wasser, bald auf die Luft der Lagune zurück. Und von Zeit zu Zeit fischte man aus dem Canale Grande die Leichen von Glasarbeitern, die sich bei Ausländern zu redselig gezeigt hatten.

Die Nachricht vom Tod des französischen Königs Karl VI. und von der Thronbesteigung seines damals neunzehnjährigen Sohnes unter dem Namen Karl VII. bewog Faber im Jahre 1422 zur Rückkehr nach Frankreich, zu seiner Nichte, der Komtesse von Cléricourt im Loiretal. Statt des Geheimnisses der Kristallherstellung brachte er einen Spiegel und ein Kind mit. Den kleinen Lucio hatte er von einer jungen Venezianerin, die gestorben war, als sie ihn zur Welt brachte. Faber hatte glühend gewünscht, Lucio möge ihm gleichen. Doch mit den Jahren erkannte er sich in Lucio ebenso wenig, wie er sich in dem Spiegel erkannte – es war ein »Hexenspiegel« mit gewölbtem, verzerrendem Glas, aus dem ihn sein eigenes Bild grotesk aufgedunsen, vor allem mit maßlos vergrößertem Mund anblickte. Lucio war ganz das Bild seiner Mutter, ein Spieler und Bruder Lustig, immer zum Lachen und zum Genießen aufgelegt, einfach begabt dafür, glücklich zu sein – mochte das Glück auch nur eine Saison dauern.

Als er nach seinen Reisejahren in Cléricourt ankam, war die Lage, die Faber dort vorfand, ungemein ernst: Die Engländer hatten den gesamten Norden Frankreichs bis zur Loire besetzt, ausgenommen nur etliche vereinzelte Städte und Burgen. Regiert wurden diese besetzten Gebiete – im Namen des jungen englischen Königs Heinrich VI. – vom Herzog von Bedford. Es war klar, dass die Engländer sich zum Angriff gen Süden rüsteten: auf Orléans, Blois und Cléricourt, dessen Mauern, von tiefen Wassergräben gesäumt, für die Angriffe einer herkömmlichen Streitmacht ein nahezu unüberwindliches Hindernis darstellten. Doch das, was den Grafen Cléricourt und seine Berater beunruhigte, war die Artillerie, eine neue Erscheinung in diesem Krieg am Ende des Mittelalters. Man sprach von »Bombarden«, primitiven, aber riesengroßen Geschützen, deren mächtige Kanonenkugeln die dicksten Mauern durchschlugen. Gegen diese Monstren hätten die Belagerten über eine leichte, von einem Einzelnen zu bedienende Feuerwaffe verfügen müssen, die dem Schützen ein sehr genaues Zielen ermöglicht, um die Bedienungsmannschaft der Bombarde ordentlich unter Beschuss nehmen zu können. Auf seinen Reisen hatte Faber zwar sagen hören, diese verkleinerten Geschütze – man nannte sie »Handkanonen« oder »Feldschlangen« – seien in der Erprobung. Doch hatte er damals keinen Anlass gehabt, sich näher dafür zu interessieren. Jetzt bedauerte er das und entsandte nach verschiedenen Städten im Osten und Süden Kuriere, die versuchen sollten, mehr darüber zu erfahren.

2
Der Löwe und die Eule

Wie die Seevögel vor dem Sturm fliehen, so begannen Mitte September, von der Vorhut der Engländer und der Burgunder vertrieben, einzelne Leute, dann ganze Familien ihr Heil auf den Landstraßen zu suchen. Die schlimmsten Gerüchte kursierten über die Plünderungen, mit denen die feindlichen Heere die Bewohner in Angst und Schrecken versetzten. Wahrlich ein düsterer Herbst, der den Himmel schwärzte, das Laub in Blut tauchte und einen trostlosen Winter erahnen ließ! Am 1. Oktober erschien, aus Beaugency kommend, ein Ritter beim Grafen Cléricourt und brachte ihm die Kunde, die Engländer hätten die Stadt und die einzige Loire-Brücke zwischen Blois und Orléans erobert. Am 12. Oktober gruppierten sich zehntausend Mann unter dem Befehl des Grafen Salisbury auf dem linken Ufer und bemächtigten sich des Forts Tourelles, das die nach Orléans führende Brücke hatte schützen sollen.

Außer sich vor Ärger, dass nur spärliche und ungenaue Nachrichten in Cléricourt eintrafen, hielt Faber es nicht mehr aus. Als venezianischer Händler verkleidet, mischte er sich unter den Haufen Volks, der damals jeden Heereszug umgab und aus Plünderern, Marketendern und Dirnen bestand. Er wollte diese »Godons«* von jenseits des Ärmelkanals mit eigenen Augen beobachten und vor allem die Qualität ihrer Artillerie beurteilen, vor der es Cléricourt angst und bange war. Zu seiner Begleitung wählte er sich einen Diener, den er aus Venedig mitgebracht hatte und dessen Akzent waschecht war. Dieser Orlando knüpfte erste Beziehungen und schuf ihm so freie Bahn. Seine Statur und die Waffen, die er absichtlich ganz offen trug, machten den erwünschten Eindruck auf das Gesindel, mit dem sie ständig in Berührung kamen. Fabers schöne Kleidung und ein dem einen oder andern zugestecktes Geldstück taten das Übrige. So gewann er das Vertrauen eines Artillerieoffiziers, des Kommandeurs einer Batterie von sechs Bombarden, in deren Schussfeld die Brücke und die Torbastionen von Tourelles und Saint-Antoine lagen. Faber konnte die Geschütze nach Belieben untersuchen, Feuerschlünde aus Schmiedeeisen, die man vom Bodenstück her mit Schwarzpulver lud. Wegen Explosionsgefahr vermied man es, Pulver auf Vorrat zu lagern; man stellte es Tag für Tag erst an Ort und Stelle her. Faber hielt das Mischungsverhältnis fest: 75 Prozent Salpeter, 12,5 Pro-

* Schimpfname für die Engländer, entstanden aus »goddamned«= gottverdammt

zent Schwefel und 12,5 Prozent Faulbaumkohle. Er beobachtete, wie die hydraulischen Pressen arbeiteten, wie sie das Gemisch in die Form von Fladen brachten, die alsdann geglättet und zerschnitten wurden. Die Geschosse waren Kugeln aus Gusseisen; sie waren an die Stelle der ursprünglichen Steinkugeln und der »Bolzen«, einer Art riesiger Pfeile, getreten. Verglichen mit den Wurfmaschinen, die praktisch ungezielt Steine und Griechisches Feuer* gegen den Feind geschleudert hatten, war der Fortschritt, den die Bombarden brachten, nicht zu unterschätzen. Die geradlinige Flugbahn der Bombardenkugeln ermöglichte theoretisch ein gewisses Zielen. Doch Faber dämpfte seine Erwartungen, als er die Feuerwaffen im Einsatz sah. Die fürchterliche Verpuffung, der gewaltige Rückstoß und die Gefahr, dass das ganze Geschütz in die Luft flog, ließen jeden Schuss zu einem Abenteuer werden, das offensichtlich jede Berechnung einer Flugbahn ausschloss. Man schoss in Richtung Feind, ohne Genaueres zu versuchen. Und wie immer beförderte dieses Übergewicht des Zufalls unvermeidlich die seltsamsten abergläubischen Vorstellungen. Am 24. Oktober enthauptete eine von Orléans aus abgeschossene Geschosskugel den Grafen Salisbury, den Oberbefehlshaber der Engländer. Sogleich lief eine Legende um: Der Schuss sei von dem Mauerturm namens

* Ein Gemisch aus Schwefel, Pech und Salpeter

Notre-Dame ausgegangen, sei demnach also die Strafe für die Zerstörung der Kirche Notre-Dame de Cléry durch die Engländer gewesen. Faber erteilte Orlando, der ihm dieses Gefasel berichtet hatte und dem Gerücht Glauben zu schenken schien, eine mächtige Abfuhr.

Er beschloss, nach Cléricourt zurückzukehren. Als er in der Nähe der ummauerten Stadt ankam, musste er aber feststellen, dass sie von einer aus Burgundern und Engländern zusammengewürfelten Streitmacht umzingelt war. Diese ganze hübsche Versammlung stand unter dem Befehl eines Grafen Exmoor, der sich, dem Luxus und dem Komfort seines Lagers nach, auf einen ziemlich langen Aufenthalt hier eingerichtet zu haben schien.

Faber und sein Gefährte schlichen sich nachts zu einem Wäldchen – der Häherklinge –, wo in einer früheren Sandgrube ein unterirdischer Gang mündete, der bis in die Kellerräume des Schlosses führte. Ohne Schwierigkeiten konnte sich Faber durch Nennung seines Namens die eisenbeschlagene Tür zum Treppenhaus öffnen lassen. Im Schloss war die Erleichterung groß, dass Faber und Orlando wieder zurück waren, denn man hatte für sie schon das Schlimmste befürchtet. Faber schloss sich sogleich mit dem Grafen Hervé ein, um die Lage umfassend zu erörtern. Er machte den Grafen mit allem vertraut, was er über die neuen Waffen erfahren hatte.

Von der Seite her drohe augenscheinlich keine akute Gefahr. Doch scheine Exmoor jede Menge Zeit zu haben und niemand sei sich wohl im Unklaren darüber, dass ein belagerter Ort schließlich früher oder später doch falle, wenn er nicht von außen Hilfe erhalte. In absehbarer Zukunft jedoch sei auf einen nahen oder fernen Verbündeten nicht zu hoffen. Man müsse sich darauf einrichten, den ganzen Winter über durchzuhalten. Der Graf entschied, unter seinem Vorsitz solle allmorgendlich ein Belagerungsausschuss zusammentreten; die Mitglieder seien neben Faber der Abbé Porcaro, der Verwalter Maclou, dem er die Aufsicht über die Lebensmittel übertrage, der Hauptmann Fulgence, den er mit der Verteidigung der Stadt betraut habe, und der Seneschall Vigile, der für die Ordnung unter der Zivilbevölkerung verantwortlich sei. Da sich Polizei und Armee in diesem Zusammenhang nicht unterschieden, solle Fulgence seine Kräfte Vigiles Entscheidungen unterstellen. Im Übrigen müsse man nach Kräften versuchen, trotz der Belagerung ein normales Leben zu führen; der Handwerker solle sich weiterhin in seiner Werkstatt abmühen, der Schüler im Unterricht fleißig lernen und der Mönch fromm in seinem Kloster bleiben.

Die erste Sitzung diente zur Zählung der kampftauglichen Männer und zur Auflistung der Waffenbestände aus dem Besitz der Garnison und solcher, die von der Bevölkerung auf Befehl des Grafen in den Lagerhallen von La Bretèche abgeliefert worden waren. Sogleich wurde deutlich, dass Pfeile genug vorhanden waren, es aber ernstlich an Armbrustbolzen fehlte. Ein beklagenswerter Mangel, denn die Armbrust war bei der Verteidigung eines Ortes die wirksamste Waffe. Nicht überraschend freilich, denn der Pfeil blieb ein Geschoss für Liebhaber, für Zivilisten, für Jäger, während die Armbrust eine Waffe für das Kriegshandwerk war.

Die Belagerten von Cléricourt machten zum ersten Mal Bekanntschaft mit der für eine Belagerung typischen Zwangslage: der Unmöglichkeit, sich Fehlendes zu besorgen oder Verbrauchtes zu ersetzen. Noch bitterer empfanden sie die Situation, als es galt, einen Plan zur Rationierung der Lebensmittel aufzustellen. Die Proviantvorräte waren nicht größer, als sie eben waren; ihre gerechte Verteilung unter die achthundertdreizehn Einwohner der Stadt sollte allen das Leben während der hundert Tage bis zum Ende des Jahres sichern. Danach gnade ihnen Gott! Porcaro befasste sich unter Mithilfe der Mönche des Klosters mit der Herstellung von einundachtzigtausenddreihundert Lebensmittelgutscheinen, die – je einer pro Tag und Einwohner – verteilt werden sollten.

Die ganze Regelung verschaffte Faber eine tiefe Genugtuung. »Gutschein, Gutshof, Landgut«, sagte er halblaut vor sich hin. »Klingt wie ›gutherzig, gutwillig, Guten Tag‹.« Es schien ihm, dass die strenge, gerechte Einfachheit des Systems notwendigerweise

Seelenfreude und leibliche Gesundheit in sich berge. Die Gleichheit der Rationen ließ Vermögens- und Klassenunterschiede verschwinden. Er freute sich schon im Voraus darauf, die aufgrund der Rationierung erzwungene Diät selbst gewissenhaft einzuhalten. Als später der Belagerungsausschuss auch noch eine Zeit zum Aufstehen, eine Sperrstunde und wöchentlich einen halben Tag Ruhe vorschrieb, hatte Faber das erhebende Gefühl, er sei der Uhrmacher eines übergroßen Räderwerks: der Stadt selbst – und sie gehorche nun einer Bewegung, die den Zufall und den plötzlichen Stimmungswandel ausschließe.

Nichts im Lehensrecht verpflichtete den Grafen Exmoor, an dem Feldzug teilzunehmen, den das Heer Salisburys in Frankreich führte. Kraft seiner Unabhängigkeit gegenüber dem Herzog von Bedford – der während der Minderjährigkeit von König Heinrich VI. die Regentschaft über das Königreich England führte –, war er lediglich ein glanzvoller Verbündeter, sein Gefolge eine nicht zu verachtende zusätzliche Streitmacht. Doch er war vor allem der persönliche Freund des Kapitäns John Falstaff, der die Normandie, den Maine und das Anjou als Regent für den König von England regierte. Exmoor bewunderte und kopierte Falstaffs herrschaftliche Allüren, seinen gewaltigen Appetit, seine lärmende Gesellschaft derart, dass er zuweilen selbst für Falstaff angesehen wurde, und nichts machte ihm größeren Spaß. Als das englische Heer die Gegend um Orléans einnahm, hatte Falstaff zu Exmoor gesagt: »Ich gebe dir Cléricourt. Erobere mir auf der Stelle diesen Ort und werde Graf von Cléricourt im Dienste unseres Königs Heinrich.« Doch Exmoor hatte seine brennende Kampfeslust mäßigen müssen, als er feststellte, wie hoch die Mauern, wie tief die Gräben und wie entschlossen die Verteidiger waren. Er hatte sein luxuriöses Prunkzelt gerade weit genug entfernt aufstellen lassen, um keinen Armbrustbolzen aus einer Schießscharte mehr fürchten zu müssen. Aber die meiste Zeit verbrachte er in dem Nachbarort Boisrenard, dessen Gasthaus stets voller englischer Offiziere und Verwaltungsleute war. So hatte sich das Leben eingespielt und seinen geruhsamen Lauf genommen, mit Zechgelagen, Palavern, Würfelspiel und von Zeit zu Zeit auch mal einem Scharmützel mit versprengten Kriegsleuten vom anderen Lager. Exmoor veranstaltete Jagden auf der Heide und auf den Seen der Sologne, Feste auf den von seinesgleichen bewohnten schönen Adelssitzen der Umgebung, Wettkämpfe im Bogenschießen, dem englischen Volkssport. Durchs Land reiste er in einer prächtigen Karosse, die er wohl in einem benachbarten Schloss hatte mitgehen lassen, und die Bauern sahen ihn mit entsetztem Staunen vorbeifahren: einen ungeheuren Fettwanst, gepudert, frisiert, lamettabehängt und juwelenbesetzt wie ein Ölgötze.*

* Ein mit bunten (Öl-)Farben angestrichenes Götzenbild

Faber wusste bis ins Kleinste über die Persönlichkeit und die Lebensgewohnheiten Exmoors Bescheid, in dem er sein genaues Gegenstück erkannt hatte. Nichts war ihm so verhasst wie eine solche Persönlichkeit, ein Trinker, Raufbold und eitler Protz, bei dem – wie er wusste – seine Kühle und Nüchternheit aggressive Reaktionen hervorriefen. Zugleich schätzte er sich glücklich, dass das Schicksal ihm diesen Typ als Gegner gegeben hatte. Der Löwe und die Eule, dachte er hochmütig, und er zweifelte nicht daran, dass der stille, nächtliche, nachdenkliche Vogel Minervas letztlich mit dem großen Raubtier fertig werde, das sich so viel einbildete und so überlaut brüllte.

Dennoch ließ das erste Knirschen in dem schönen Uhrwerk, an dem er so frohgemut mitgebaut hatte, nicht lange auf sich warten. Die ersten Unregelmäßigkeiten traten bei der Verteilung der Lebensmittelrationen auf. Die Lebensmittelgutscheine wurden alle zehn Tage ausgegeben. Schon in den ersten Wochen zeigte sich jedoch, dass manche Gruppen oder Familien in Saus und Braus lebten, dass sie hinter verschlossenen Türen ganze Nächte lang tranken und speisten, während andere derart dem Hunger ausgesetzt waren, dass die Kinder auf den Gassen der Stadt um Brot bettelten. Faber meinte zunächst, die einen hätten ihre Rationen für teures Geld an andere verkauft. Das wäre noch das kleinere Übel gewesen, denn sie hätten gewissermaßen den Lohn für ihr Hungern erhalten. Leider war die Wahrheit schlimmer. Man konnte sich ihr nicht verschließen: Die Spielleidenschaft hatte sich in der Bevölkerung verbreitet, und es gab nur wenige, die davon verschont blieben. Gespielt wurde immer und überall, vor allem aber nach Eintritt der Sperrstunde in gewissen als Spielhöllen eingerichteten Lokalen, und durch ihre geschlossenen Fensterläden drang das Gebrüll von lautstarken Auseinandersetzungen und Schlägereien nach draußen.

Der Graf, von diesen Missständen unterrichtet, fasste zunächst polizeiliche Maßnahmen ins Auge: bewaffnete Kontrollen in den Spielhöllen, Beschlagnahme der Würfel und des Spieleinsatzes, Bestrafung der Spieler. Faber bat ihn, nichts dergleichen zu tun. Eine Gewaltkur allein könne das Übel, unter dem die Bevölkerung leide, nicht heilen. Um dem Bedürfnis nach Glücksfällen abzuhelfen, dem die Spielleidenschaft entspreche, sei es besser, die Unwissenheit und den Kult um den Glückszufall durch Wissen zu ersetzen. Heilung durch den Geist: Faber kannte nichts anderes. Was also war im vorliegenden Fall zu tun? Sich nach Kräften bemühen, an die Stelle der Würfel, des puren Glücksspiels, ein anderes Spiel zu setzen, das ein Spiel des puren, vorausdenkenden Verstandes ohne jeden Raum für den Zufall war. Denn mag auch das Kartenspiel beispielsweise auf einer klugen Beherrschung der Spielregeln beruhen, so beginnt doch jede Partie mit dem Austeilen der Karten, das eben dem puren Zufall unterliegt. Faber empfahl, man solle in der Stadt das einzige Spiel verbreiten, das ohne Zufall auskomme: das Schachspiel, das er während seines Aufenthalts in Venedig gelernt hatte und das, wie es hieß, Marco Polo bei seiner Rückkehr aus China mitgebracht hatte. Und Faber stellte auf den Tisch des Belagerungsausschusses ein Schachbrett mit seinen zweiunddreißig Figuren, dann gab er sogleich seinen Ausschussgenossen eine Einführung in die Regeln zu diesem Spiel – dem König der Spiele, das zugleich auch das Spiel der Könige war. Sie machten sich mit Begeisterung daran. Denn sie wussten die subtile Beziehung zu würdigen, die zwischen den Regeln des Schachs und des höfischen Lebens besteht. Dass die Türme senkrecht und waagrecht ziehen und alles zermalmen, was ihnen im Weg steht. Dass die Pferde alle Hindernisse überspringen. Dass die Läufer diagonal ziehen. Dass die Dame die mächtigste Figur ist und der König die gebrechlichste. All diese Gegebenheiten erfüllten den alterfahrenen Kenner des Hoflebens und seiner Wechselfälle mit verschmitzter Heiterkeit. Es wurde beschlossen, insgesamt hunderte von Schachbrettern mitsamt ihren Figuren in Auftrag zu geben und die Einwohner von Cléricourt zu verpflichten, sich mit dem neuen Spiel vertraut zu machen.

3
Die Herausforderung zum Wettkampf

Während der ersten Monate der Belagerung, die der inneren Gestaltung des Lebens in Cléricourt gewidmet waren, hatte Faber kaum je Muße gehabt, sich um seinen Sohn zu kümmern. Er sah ihn selten – kaum einmal am Tag –, und der Knabe lief unaufhörlich zu geheimnisvollen Terminen und war von rätselhaften Aufgaben in Anspruch genommen. Eigentlich sollte er sich täglich im Kloster einfinden, um dort von Abt Porcaros Mönchen – mit etwa zwanzig anderen Unruhegeistern – Unterricht in Latein, Theologie, Geschichte und Französisch zu erhalten. Faber stellte sich, als ob er glaubte, in diesem Punkt gehe alles gut, da zwang ihn ein ziemlich schwerwiegender Vorfall, sich etwas näher mit Lucio zu beschäftigen. Eines Morgens bekam er die Nachricht, dass Lucio von den Bogenschützen der Garde festgenommen worden sei, just als er mit zwei gleichaltrigen Kameraden von einem Abstecher nach außerhalb der Mauern zurückkehrte. Es versteht sich von selbst, dass Spionage bei den Belagerten ganz besonders gefürchtet war und dass das Ein und Aus, der ganze Austausch mit der Außenwelt schlechthin, unter ein allgemeines Verbot fiel. Schon hatte man mit großem Gepränge einen Handwerker gehängt, der der Konspiration mit den Belagerern überführt worden war. Sein Fall war nur insofern noch schwerwiegender gewesen, als er die Befestigungen der Stadt kannte, an denen er selber mitgebaut hatte.

Die drei jungen Burschen wurden vom Profos des Langen und Breiten verhört. Es kam rasch heraus, dass es nicht ihre erste Heldentat gewesen war und dass sie dadurch die Zahl, die Aufstellung und die Bewaffnung der Engländer kannten. Sie konnten dem Kapitän Fulgence wertvolle Aufschlüsse geben.

Faber zog aus dem Missgeschick zwei Lehren: Zum einen musste er Lucio besser beaufsichtigen. Doch dieses Teufelsbürschchen stellte sich immer so an, dass seine Eskapaden über alle Maßen gut ausgingen!

Man mußte zugeben: Lucio hatte Glück. Er war unter einem guten Stern geboren und selbst sträflichster Leichtsinn schlug ihm am Ende fast immer zum Vorteil aus. Faber hatte einen neuen Beweis dafür, als er im Dachstuhl eines Mauertürmchens eine wahre Ali-Baba-Schatzkammer entdeckte, aus der Lucio insgeheim schöpfte. Esswaren, Kleider und sogar Schmuck lagen im Überfluss da. Auf Befragen gestand der Junge, das seien seine Gewinne beim Würfelspiel. Großmütig bot er seinem Vater an, alles mit ihm zu teilen. Faber wusste nicht, wie er sich entscheiden sollte.

Doch das waren noch die weniger wichtigen Dinge. Viel gravierender war der Entschluss, den er nun fasste: nach dem Vorbild des Jungen die befestigte Stadt dann und wann zu verlassen. Es lohnte sich, die damit verbundenen Risiken einzugehen, denn es war wichtig, die Engländer zu beobachten und ihre schwachen Punkte zu finden. Er brauchte ja nur seine Verkleidung als falscher Venezianer wieder hervorzuholen. Orlando, der sich langweilte, würde überglücklich sein, mit ihm die Ausflüge zu unternehmen.

Schon am nächsten Tag, kurz vor dem Dunkelwerden, schlugen sie den Weg vom Ostturm durch den Tunnel zur Häherklinge ein. Nicht einmal eine Viertelstunde entfernt von dem Marktflecken Boisrenard tauchten sie schließlich wieder auf.

Das Gasthaus schlief im Halbdunkel; Faber und sein Begleiter bekamen kaum ein Gläschen serviert. Sylvain, der Kellner, gab ihnen zu verstehen, dass seit eh und je nur Engländer das Gasthaus frequentierten und dass die nicht vor dem Zapfenstreich aus ihrem Lager kämen. Faber beschloss zu warten. Die Nacht war längst herabgesunken, als die ersten Kriegsleute erschienen. Es waren zwei von einem langen Reisetag ermüdete burgundische Reiter, die zum Stab Exmoors gekommen waren. Sie schienen sich mehr um ihre Pferde als um sich selbst zu kümmern und sahen zuerst nach, wie die Pferde versorgt wurden, ehe sie sich zu Tische setzten.

Später, als sie gehen wollten, hielt der Gastwirt sie davon ab: Er behauptete, sie hätten gute Aussicht, noch vor Mitternacht den englischen Oberbefehlshaber ankommen zu sehen. Der jüngere von beiden war, den Kopf auf die Arme gestützt, erschöpft eingeschlafen, als ein Riesenlärm die Ankunft von einem größeren Haufen Kriegsleuten ankündigte. Sofort zündete Sylvain im großen Saal alle Kerzen an und warf ein Bündel Reisig in den Kamin. Rufe erschollen, Gelächter, Flüche, das Wiehern von Pferden.

Faber war gespannt, ob Exmoor zu Pferde oder per Kutsche ankäme. Er war überrascht, ihn schwerfällig aus einer riesigen Sänfte steigen zu sehen, an deren Tragholme zwei schöne Schimmelstuten angeschirrt waren. Herrischen Schritts strebte Exmoor im Saal auf den großen Tisch zu.

Er war so, wie Faber ihn sich vorgestellt hatte, grotesk und großspurig, die Beine in hohen Stulpenstiefeln, auf dem Kopf eine blonde Kräuselhaarperücke. Faber stellte fest, dass Exmoor mit seinen Tischgenossen ein verfälschtes Französisch sprach – das Anglo-Normannische –, das Faber jedoch verstand. Dafür stieß ihn das Getränk ab, das der Gastwirt eilfertig in großen Steintöpfen servierte, ein Gebräu aus Gerste und Hopfen, das jüngst unter dem Namen »Hoppe Hoppenbier« aus Deutschland gekommen war. Wenn man Französisch spricht, Teufel noch mal!, dann trinkt man Wein!

Kaum saßen die Soldaten, kamen irgendwoher Würfelbecher zum Vorschein, und alles stürzte sich mit höllischem Gebrüll aufs Spielen.

Faber beobachtete die Tischrunde mit leidenschaftlicher, wacher Aufmerksamkeit. So richteten also diese verfluchten Würfel, die in der belagerten Stadt an Ordnung und Eintracht nagten, in den Reihen der Belagerer dieselben Verheerungen an! Und das offenbar auch aus demselben Grund: aus Langeweile und dem Bedürfnis, in eine unerträglich stickige Atmosphäre immer wieder einen Windstoß künstlichen Risikos einzulassen. Faber schien es auf einmal, Belagerte und Belagerer, auf der einen und der anderen Seite der Mauern von Cléricourt, glichen einander, als wären die Mauern nichts als ein großer Spiegel, der jedem Lager sein eigenes Bild zurückwirft. Und er dachte mit Abscheu an den großen venezianischen Hexenspiegel, der im Hintergrund seines Zimmers dunkel glänzte.

Als der Saal sich füllte, nahmen auch andere Männer an dem von Faber und Orlando belegten Tischchen Platz. Ein Gespräch entspann sich. Faber stellte einige wenige Fragen und hörte sich aufmerksam die Antworten und Bemerkungen an. Er wollte sich um jeden Preis einen möglichst vollständigen Eindruck vom Zustand der Belagerer verschaffen. Auch der erschien ihm auf eigentümliche Weise mit dem der Belagerten vergleichbar. Denn während die Belagerten gewissermaßen Gefangene der Belagerer sind, sehen sich andererseits auch die Belagerer durch die Belagerten festgehalten und zur Unbeweglichkeit verdammt. Zwar genießen die Belagerer die Verbindung mit dem Umland, von der die Belagerten im Gegensatz dazu abgeschnitten sind. Doch für diesen Vorteil bezahlen die Belagerer mit einem lascheren Zusammenhalt, mit der Gefahr der Fahnenflucht eigener Leute, mit der Gefahr des Einsickerns feindlicher Elemente und mit der ständigen Versuchung, die Belagerung aufzugeben – eine Gefahr und eine Versuchung, die es zwar in anderer Form auch im Lager der Belagerten, jedoch in sehr viel geringerem Grade gibt. Denn eine Kapitulation der Verteidigungskräfte und ein Öffnen der Stadttore zieht dramatische, schwerwiegende Folgen nach sich. Kurzum, die belagerte Stadt besitzt eine Unbeugsamkeit, die der der Belagerer weit überlegen ist. Faber dachte, Cléricourt müsse wohl in den Augen der Engländer und Burgunder, die gleichsam wie gebannt vor seinen Mauern saßen, ein Idealbild darstellen. »Wie die Nachtfalter rings um die Laterne«, murmelte er mit einem Schauer von Stolz, denn er war es, der die Laterne entzündet hatte und sie am Brennen hielt.

Das Geschrei am großen Tisch ging weiter, und mit wildem Ungestüm sausten die Münzen von einem Spieler zum andern. Der große Gewinner war offenbar Exmoor. Seine Gewinne häuften sich vor ihm zu einem Silberhügel, den seine ringüberladenen Hände zerstreut streichelten. Vom Spiel ermüdet, machte er schließlich eine Pause, dann vollführte er eine Bewegung, an der niemand Anstoß zu nehmen schien, die Faber jedoch grotesk und abstoßend fand. Als wäre die Wärme ihm lästig, nahm er die riesige Perücke ab, die er auf dem Kopf trug, und stülpte sie ungeniert über den nächsten Biertopf. Die Verwandlung war umwerfend. Seiner goldenen Mähne beraubt – die ihm die Stärke und Unschuld eines Löwen verliehen hatte –, war nun der Kopf in seiner ganzen obszönen Nacktheit sichtbar, ein Vollmond, rot angelaufen und trist, dessen große, trübselige Augen in Tränen schwammen.

Die Tischgenossen waren verstummt, als wohnten sie einer oft erlebten Szene bei, deren Bedeutung und deren Ablauf sie kannten. Exmoor fixierte seine Perücke so beharrlich, dass es ihm gelang, eine Art geborgtes Leben auf sie zu übertragen. Plötzlich traute Faber seinen Ohren nicht mehr. Ein schrilles, gebieterisches Stimmchen kam aus der Perücke. Es sagte: »Johnny, du hast kein Vertrauen! Du machst dir Sorgen! Du hast zu viel Glück im Spiel!«

»Das stimmt«, antwortete Exmoor. »Zu viel Glück beim Würfeln ist ein schlechtes Zeichen. Glück, davon hat jeder bei uns nur eine bestimmte Menge. Vergeuden wir es für eine Hand voll Taler, so bleibt nichts mehr übrig für die großen Dinge. Ein Soldat im

Feld sollte sich glücklich schätzen, Rheuma zu haben, von seiner Frau betrogen zu werden oder im Würfelspiel seinen Sold zu verlieren. Jedes Missgeschick solcher Art wäre ja ein Schritt zum Sieg seiner Waffen.«

»Armes angestochenes Aufblastier!«*, lachte meckernd die Perücke. »Beeil dich und setz mich wieder auf deinen Kopf. Du bist wie Samson: Deine Kraft ist in deiner Mähne. Mit mir bist du ein Glücksmilliardär. Du kannst ungestraft im Spiel siegen und danach noch Schlachten gewinnen. Warum glaubst du wohl, dass Menschen Perücken tragen? Um sich vor dem Regen des Himmels und den Köteln der Vöglein zu schützen?«

Exmoor hatte mit müder Geste die Hand nach der Perücke ausgestreckt. Er griff nach ihr und setzte sie wieder auf. Dann, von einer Art wütender Bangnis geschüttelt, landete er einen Faustschlag auf dem Tisch, dass Becher und Karaffen in die Höhe sprangen.

»For God's sake**, mein Herr Venezianer, der Ihr seit einer Stunde Exmoor beobachtet, den König der Bauchredner – wisst Ihr, was das Goldene Vlies war, das zu suchen Jason und die Argonauten einst nach Kolchis zogen? Es war eine Perücke, mein Herr Ve-

* Tiere zum Aufblasen gab es schon im Mittelalter: Man steckte in den zusammengenähten Balg die gereinigten Mägen und Gedärme von Rindern oder Schafen und blies sie auf; stach man hinein, so fielen sie natürlich in sich zusammen. (Anm. des Übersetzers)

** um Gottes willen

nezianer, es war meine Perücke, die geschwätzige, die sich, sobald ich mich von ihr trenne, mit mir anlegt. Nun, ich fordere Euch zum Kampf heraus, mit Würfeln, mein Herr Venezianer. Legt den Einsatz hin, der Euch beliebt, und verlangt von mir, was Ihr wollt. Und du, Sylvain, bring mir Wein und meinen Muranopokal, damit ich Monsieur zeige, dass wir, auch ohne Venezianer zu sein, aus Kristallglas trinken.«

Faber war überrascht, von Exmoor plötzlich angesprochen zu werden, nachdem er doch geglaubt hatte, in der Menge und im Lärm der Gäste unbemerkt bleiben zu können. Der Teufelskerl hatte Augen im Kopf! Sprachlos betrachtete Faber die Kalbsvisage, kokett mit Haarkringelchen und Schmachtlocken garniert, diesen Stierhals, der aus einem Krägelchen von Musselin und Spitzen heraus in die Welt schaute. Exmoor achtete auf Sylvain, der einem Köfferchen einen Pokal aus bläulichem Kristall entnommen und ihn respektvoll vor Exmoor hingestellt hatte, doch warf er zuweilen zornige Blicke zu Faber hinüber, und, als läse er in dessen Gedanken, wandte er sich plötzlich erneut an ihn.

»Ihr findet mich lächerlich, wie? Aber das findet Ihr nur, Herr Venezianer, weil Ihr das als Bürgerlicher beurteilt, was Ihr nun mal seid! Denn das ist wahr: Die Lächerlichkeit würde Euch auf der Stelle töten, wenn Ihr Euch ein Viertel des zehnten Teils der Koketterien herausnähmt, mit denen ich meine herrliche Schnauze ausstaffiere. Das kleinste bisschen Flitterzeug würde Eure Sturkopfgestalt mit Eurer Waldkauzvisage völlig auf den Kopf stellen. Während ich mir, bei Gott!, dank meiner sechzehn adligen Vorfahren den Federbusch, der auf meinem Helm wedelt, in den Hintern stecken könnte, ohne bei meinen Kriegsleuten etwas anderes hervorzurufen als noch mehr Verehrung.«

Er unterbrach sich, um den Pokal zu leeren, den Sylvain gefüllt hatte. Faber nutzte den Moment, um aufzustehen und sich Exmoors Sessel zu nähern.

»Graf Exmoor«, sprach Faber zu ihm, »ich habe nie meine bürgerliche Herkunft verleugnet, denn ich schäme mich ihrer nicht. Es ist wahr, dass mein Vater Tischlermeister und meine Mutter die Tochter eines Handwerkers aus derselben Innung war. Sie haben mir Ehrfurcht vor dem Adel beigebracht, und ich denke nicht daran, über Euch zu lachen, was immer Ihr an Überraschendem tun möget. Ich habe mich dem Studium gewidmet, und meine Verehrung gilt der Intelligenz. Ihr schlagt mir vor, mit den Würfeln gegen Euch zu spielen, und zwar – das erbitte ich von Euch – um diesen wundervollen Pokal, gegen einen Einsatz, der gleichfalls von hohem Wert ist: ein Spiegel, gleichfalls aus Venedig, ein gewölbter ›Hexenspiegel‹, der Euch nach Wunsch ein alle Maße sprengendes Riesenbild Eurer selbst zu schenken vermag.«

»Gut«, brummte Exmoor, »ich setze meinen Pokal aufs Spiel. Lasst Euch Euren Spiegel bringen, dann werden wir ja sehen!«

»Graf Exmoor«, erwiderte Faber, »das kann leider nicht auf der Stelle geschehen. Ich wohne zu weit von hier, und mein Spiegel ist kein ganz kleines Stück. Können wir unsere Partie um drei Tage verschieben?«

»Meinetwegen bis Mittwoch, aber dann im Lager, in meinem Zelt, nach Sonnenuntergang«, antwortete Exmoor, sichtlich verärgert.

»Noch eine Bitte«, beharrte Faber. »Ich mag das Würfelspiel nicht allzu sehr, weil daran, wie mir scheint, der Zufall zu sehr beteiligt ist. Ich schlage Euch vor, dass wir uns im Schachspiel messen, dem Spiel der Könige und dem König der Spiele, in dem allein die Intelligenz regiert.«

»Im Würfel-, im Schach- oder in jedem anderen Spiel, das du willst!«, polterte Exmoor. »Hat man je einen solchen Umstandskrämer gesehen! Und jetzt lass mich meinen Beraterstab vollends an den Bettelstab bringen!«

Und weit ausholend schüttelte er den Würfelbecher.

Faber hatte sich bemüht, seine Eskapade nach Boisrenard geheim zu halten. Weshalb heikle Fragen hervorrufen? Weshalb ein schlechtes Beispiel geben, dem Lucio nur allzu gern würde nacheifern wollen? Doch Porcaro wusste offenbar, was es damit auf sich hatte, denn er fing eines Abends folgendes Gespräch mit Faber an:

»Wisst Ihr, mein lieber Freund, dass nach hellenistischer Überlieferung ein gewisser Palamedes Euer geliebtes Schach erfunden haben soll, um den Griechen während der Belagerung von Troja die Zeit zu vertreiben? Ein recht sonderbarer Mann, dieser Palamedes. Er hatte sich Odysseus zum Todfeind gemacht, denn er hatte ihn gezwungen, an dem Feldzug der Griechen gegen Troja teilzunehmen. Um nicht fortzumüssen, hatte Odysseus den Verrückten gespielt, hatte den Sandstrand gepflügt und Salz darauf gesät. Nebenbei gesagt, eine hübsche Verquickung von Fischerei und Ackerbau. Palamedes setzte Odysseus' kleinen Sohn Telemach vor den Pflug. Um ihn nicht zu gefährden, lenkte Odysseus seine Zugochsen vorsichtig an seinem Sohn vorbei – der klare Beweis für seine geistige Gesundheit. Er zog also mit Agamemnon in den Krieg. Aber in ihm brodelte die Rachsucht. Unter den Mauern Trojas fälschte er Dokumente und erreichte damit, dass Palamedes des konspirativen Zusammenspiels mit dem Feind beschuldigt wurde. Der Bedauernswerte wurde als Verräter gesteinigt. Und er hatte doch das Schach erfunden! Ich frage mich manchmal, ob es nicht eine Beziehung gibt zwischen dem konspirativen Zusammenspiel, das Palamedes den Tod brachte, und dem höchst intelligenten Zusammenspiel der Gegner beim Schach.«

Porcaro hatte sich immerhin willig ins Schachspiel einführen lassen, und obwohl er gegen Faber noch regelmäßig verlor, machte er so rasche Fortschritte, dass die schönsten Hoffnungen berechtigt schienen.

»Binnen kurzem werdet Ihr mich schlagen«, sagte Faber mitunter zu ihm, »und da ich Euer Lehrer war, ist dies die größte Ehre, die Ihr mir antun könnt!«

Porcaro blieb dennoch kritisch gegenüber dem »König der Spiele«. Eines Tages sagte er zu Faber:

»Ihr bemüht Euch, das Würfelspiel in der belagerten Stadt durch das Schachspiel zu ersetzen, weil – wie Ihr sagt – die Würfel nichts als dem Zufall gehorchen, während im Schach nur die Klarheit des Geistes zählt. Doch es stimmt nicht, dass der Zufall im Schach keinen Platz hat. Er ist da, und zwar schon gleich zu Beginn der Partie. Jawohl! Da steckt der Wurm drin, mein lieber Freund, was immer Ihr auch sagen mögt!«

Faber, der wusste, worauf Porcaro hinaus wollte, heuchelte Erstaunen.

»Doch, doch«, beteuerte Porcaro. »Vor Spielbeginn lässt man einen Spieler verdeckt die Farbe wählen – und damit den Zufall darüber entscheiden, wer Weiß und wer Schwarz bekommt. Aber Weiß eröffnet das Spiel. Das ist unbestreitbar ein Vorteil, und wenn sich zwei gleich starke Spieler gegenüberstehen, wird unfehlbar der gewinnen, dem der Zufall Weiß beschert hat.«

Darauf antwortete Faber zunächst, der Denkansatz von den zwei gleich starken Spielern sei in der Praxis völlig illusorisch.

»Und der Vorteil, den der erste Zug angeblich bringt, ist sehr fragwürdig, und ich bin gern bereit zu beweisen, dass Schwarz stets die Oberhand behalten kann. Wenn zwei Armeen einander kampfbereit gegenüberstehen – würdet Ihr Euch da getrauen zu behaupten, der Sieg falle zwangsläufig jener zu, die als Erste den Kampf eröffnet?«

Doch Porcaro ließ sich nicht überzeugen. Er berief sich auf eine Legende über den Ursprung des Schachspiels, die zeige, dass Phantastisches, ja Teuflisches in dem Spiel stecke: Der Kalif von Isfahan, so wird erzählt, langweilte sich. Er versprach: Wer ihm ein Spiel bringe, das ihn zu unterhalten vermöge, der erhalte die Belohnung, die er sich wünsche, was immer es auch sei. Auf diese Weise wurden Belote-, Bilboquet-, Domino- und Gänsespiel erfunden. Aber jedes Mal schüttelte der Kalif müde und sichtlich angeödet den Kopf. Bis zu dem Tag, als ein Unbekannter aus einem fernen Land ihm ein Schachbrett mit den zweiunddreißig Figuren brachte und ihm die Regeln des Spiels erklärte.

Schon die Begeisterung des Kalifen zu sehen machte Freude. Sogleich fragte er den Unbekannten, was er sich als Belohnung wünsche. Ob er eine Provinz regieren, eine Prinzessin des Hofes ehelichen, in Gold oder in Edelsteinen aufgewogen werden wolle?

»Nein«, antwortete der Mann. »Ich möchte Reis. Eine bestimmte Menge Reis.«

Der Kalif wunderte sich über eine solche Bescheidenheit. Welche Menge Reis er denn wolle?

»Dies ist durch das Schachbrett selbst vorgegeben«, erwiderte der Fremde. »Das heißt: ein Reiskorn auf das erste Feld, zwei auf das zweite, vier auf das dritte, acht auf das vierte, und so weiter, jedes Mal das Doppelte, bis zum vierundsechzigsten Feld.«

Der Kalif befahl sogleich seinen Buchhaltern, die Zahl der so zusammenkommenden Reiskörner zu berechnen. Seine Überraschung war groß, als die erfahrenen Männer nicht weniger als acht Tage erbaten, um die Rechnung durchzuführen. Sie wurde noch größer, als er erfuhr, dass die zusammengerechneten Reiskörner der gesamten Ernte seines Landes über ein ganzes Jahrhundert hin entsprächen.

Faber hatte die Legende mit gerunzelten Brauen angehört; er hatte schon geahnt, dass sie mit einer Falle nach Porcaros Art enden würde.

»Und welche Zahl ist das genau?«, fragte er.

Der Abbé hob die Hände gen Himmel. Er sei kein Mathematiker, und Faber selbst sei viel besser als er in der Lage, das festzustellen.

Am selben Abend noch machte sich Faber an die Arbeit. Er rechnete einen guten Teil der Nacht hindurch.

Der Himmel wurde schon hell, als er bei der ungeheuerlichen Zahl 18 446 744 073 709 551 615 ankam.

4
Eine seltsame Schachpartie

Für die Moral der Belagerten wäre es wohl besser gewesen, sie hätten den Ansturm der Engländer abwehren oder, noch besser, Ausfälle machen müssen, um deren Sappen, Minen, Ringwälle, ihre für die Belagerungstürme bestimmten Gräben oder Rampen zu zerstören. Aber da die Engländer nichts taten, quälten sich die Franzosen mit einer bedrückenden Untätigkeit ab. Die Rationierung der Lebensmittel war durch Schwarzhandel und Korruption schwer durcheinander geraten. In den Speichern und Kellern, wo die Nahrungsmittel der ganzen Stadt aufgestapelt lagen, waren erhebliche Veruntreuungen festgestellt worden. Einer der Verwalter war, weil er der Geldunterschlagung überführt wurde, öffentlich ausgepeitscht worden. Doch Faber zitterte davor, irgendwann möchte auch sein eigener Sohn, dieser unausstehliche Lucio, in eine böse Affäre verwickelt sein. Wie konnte er seine väterliche Liebe mit seiner moralischen Verantwortung gegenüber dem Grafen und der Bevölkerung vereinbaren?

Mehr und mehr wurde die Bevölkerung der Belagerung müde und neigte dazu, sich einfach den Engländern zu ergeben. Davon abhalten ließ sie sich nur durch Berichte, die – man weiß nicht recht, wie – einsickerten und von Greueltaten der feindlichen Soldaten in einzeln stehenden Gehöften und in benachbarten Weilern sprachen.

Das brennende Verlangen, die Belagerung enden zu sehen, hatte sich in einem sonderbaren Gegenstand verdichtet, der einer Sitte aus unvordenklicher Zeit entsprach: der Belagerungskrone. Das war eine Krone aus Pflanzen, die an Christi Dornenkrone erinnerte, um das erbärmliche Elend der Belagerten sinnfällig auszudrücken. Nach der Tradition bestand sie aus Unkräutern, wie sie auf Hinterhöfen und Mauern der Stadt ihr Dasein fristeten. Faber hatte sie entdeckt; sie war zu Füßen einer Statue des heiligen Georg in der Burgkapelle abgelegt worden. In dem ungelenk zusammengeflochtenen Gestrüpp erkannte er, neben Brombeerranken und Brennnesseln, die kargen Blüten des Borretschs, Triebe des Steinbrechs – der so heißt, weil er Dächer und Terrassenbeläge sprengt –, die rauen, behaarten Blätter des Bilsenkrauts – auch »Trümmerkraut« genannt –, schließlich einen Stängel der Nieswurz, deren »Christrosen« vielleicht in einigen Wochen eine zarte Note in dieses bis zum Lächerlichen dürre Gebinde bringen würden. In der ganzen belagerten Stadt harrte die Belagerungskrone des Befreiungsfestes. Wer am meisten dazu beigetragen hätte, den Feind, den Belagerer zu vertreiben, sollte mit dieser Krone belohnt werden.

Demgegenüber fand Faber eine große innere Stütze in der Rückkehr eines Kuriers. Von denen hatte er mehrere in verschiedene Städte gesandt, die wegen ihrer Waffenschmieden berühmt waren. Dort sollten sie versuchen, mehr zu erfahren über gewisse leichte Geschütze, die unlängst erfunden worden waren. Der heimkehrende Mann brachte aus der Stadt Turin einen Kanonengießermeister mit, und sie trugen gemeinsam, in einer Stoffrolle versteckt, ein längliches Etwas, das ungefähr das Gewicht eines fünfjährigen Kindes hatte.

Es war eine der ersten Feldschlangen, eine auf Miniaturformat verkleinerte Kanone, leichter zu handhaben als alles bisher Bekannte, eine »Handkanone«, zu deren Bedienung zwei Mann ausreichten.

Schon am nächsten Tag wurde dieses Kleinod piemontesischer Waffenschmiedekunst den Mitgliedern des Belagerungsausschusses vorgestellt. Der Kanonengießer erläuterte, dass die Feldschlange außer ihrem geringen Gewicht auch den revolutionären Vorteil habe, nicht von hinten, vom Bodenstück aus geladen zu werden – ein System, das eine große Menge Pulvergase entweichen lässt –, sondern durch die Mündung. Das Problem des Feueranlegens war durch ein »Zündloch« gelöst, eine kleine Öffnung, aus der eine Zündschnur herausschaute oder in die man ein im Feuer rot glühend gemachtes Eisen steckte. Das Geschütz konnte mit einem hölzernen Kolben versehen werden, der in der hohlen Schulter des Schützen Halt fand, doch ein System von Laschen ermöglichte es auch, die Waffe zwischen den Zinnen einer Mauer anzubringen. Die Kugeln waren aus Blei, hatten die Dicke eines Daumens und die Form eines am einen Ende spitz zulaufenden Zylinders.

Was Faber begeisterte, war vor allem die Genauigkeit und Schnelligkeit des Schießens, wie sie der piemontesische Kanonengießer versprach. Man besaß damit die ideale Antwort auf die schreckliche Gefahr, die für jede belagerte Stadt von den dicken Bombarden ausging. Der große Holzschild, der die Bedienungsmannschaft der Bombarde vor Bogen- und Armbrustpfeilen schützte, würde von den Geschossen der Feldschlange durchschlagen und zerfetzt werden, ehe auch nur eine einzige Bombardenkugel abgeschossen werden konnte.

Faber wurde nicht müde, die elegante, glatte, aus Schmiedeeisen gearbeitete Waffe in der Hand zu wiegen und sie zu streicheln. Am Ende bemerkte er gar ein Herstellerzeichen an ihr: ein ins Metall graviertes winziges Schachbrett mit vierundsechzig Feldern. Solcherart auf dieser hochpräzisen Waffe an das Spiel ohne Zufall erinnert zu werden, war mehr, als er sich hatte wünschen können!

Noch am selben Abend wurde die Feldschlange mithilfe ihrer Laschen fest auf der Stadtmauer angebracht, in Richtung auf das englische Lager, dessen Zeltspitzen in der Ferne zu sehen waren.

Am Mittwoch fand sich Faber am Eingang des englischen Lagers ein, begleitet von Orlando und einem Diener, die gemeinsam den in eine Hülle gewickelten Spiegel trugen. Ein vierter Mann folgte ihnen.

Das war der Abbé Porcaro, der ad hoc zum Schiedsrichter des Wettkampfes ernannt worden war. Da man den Engländern nicht trauen konnte, brachte er in einem flachen Köfferchen das Schachbrett und die zweiunddreißig Figuren eines Schachspiels mit, die ein Tischler in Clèricourt nach Fabers Angaben hergestellt hatte.

Die vier Männer wurden in ein erstes, militärisches Zelt geführt, das ein Vorzimmer zu sein schien, und sogleich kam ein Bogenschütze und tat Faber kund, der Oberbefehlshaber erwarte ihn in seinem Stewhouse.

Faber, der nichts verstand, folgte ihm und war überrascht, sich plötzlich von Dampfschwaden umgeben zu sehen, durch die ein Willkommensgebrüll erscholl. Es war ein vollständiges Dampfbad mit einem Ofen aus feuerfesten Ziegeln und einem umfänglichen, dampfenden Bottich. Als Faber näher kam, erkannte er Exmoor, der nackt wie ein Silen darin plantschte.

»Ich komme gerade von der Jagd zurück«, sagte er. »Ich habe einen Keiler und sechs Hasen erlegt. Ich kenne nichts Besseres, mich zu entspannen, als das Dampfbad. Kommt auf der Stelle zu mir herein!«

Faber war so überrascht, dass er sich von einem Badejungen, der in einer übergroßen Ärmelschürze steckte, entkleiden ließ, und bald fand er sich in dem Bottich sitzend wieder, dessen Wasser ihm zunächst fast unerträglich heiß vorkam.

»Ihr leidet, wie?«, fragte ihn sein ungeschlachter Badegenosse sehr vergnügt. »Das ist eine Frage des Adels. Mein Kriegsherr Sir John Falstaff nimmt Bäder, die so heiß sind, dass ausnahmslos nur er allein sie ertragen kann. Was für ein großartiger Mann! Ihr sollt Euch über mangelnde Wärme meines Empfangs nicht beklagen können, hahaha! Jetzt versteht Ihr, weshalb unser guter König Heinrich IV. den Bath-Orden gestiftet hat? Entspannt Euch. Gleich bringt man uns auf schwimmenden Tabletts was zu essen und zu trinken.«

Faber, schläfrig von der feuchten Schwüle, hörte nicht auf den Redefluss, der im Plätschern des Wassers und im Bullern des Feuers unterging. Auf einmal hatte er niemanden mehr vor sich.

Exmoor war untergetaucht. Er kam ein paar Sekunden später schnaufend und spuckend wieder an die Oberfläche. Seine dicken Fischaugen betrachteten einen entfernten Punkt in einer Art Nebenkabine des Dampfbades. Durch die weißen Dampfwolken erblickte Faber eine Art Vogelscheuche: die Uniform des Oberbefehlshabers auf einem hölzernen Diener und zuoberst darauf seine Perücke. Exmoor fixierte sie scharf, und der Schabernack aus dem Gasthaus in Boisrenard fing wieder an.

»Ich finde dich recht unvorsichtig, ohne Perücke zu baden«, brachte die Perücke mit ihrer quäkenden Stimme hervor. »Du verdientest es, zu ertrinken. Weißt du, wie man einen rettet, der untergeht? Man packt ihn an den Haaren!«

Exmoor wandte sich an Faber.

»Da seht Ihr, wie sie mich tyrannisiert!«, sagte er zu ihm. »Ich beneide Euch, dass Ihr von Aberglauben nichts wissen wollt und nur unter der Herrschaft der Vernunft lebt. Ach, es ist keine leichte Sache, sich Fortuna geneigt zu machen. Aber wenn sie schließlich bereit ist, Euch ihr Lächeln zu schenken ... Ach ja, das Lächeln Fortunas!«

Und in den Dampfschwaden, die ihn einhüllten wie eine magische Erscheinung, blühte sein breites Gesicht auf vor Glück.

Als Faber hinter Exmoor in das Ehrenzelt trat, wurden sie schon von Porcaro und seinen beiden Begleitern erwartet; man hatte alles für den Wettkampf vorbereitet.

Auf einem niedrigen Tisch stand das Schachbrett

mit den zweiunddreißig Figuren, alle schön an ihrem Platz wie in Kampfformation.

Ein kleiner Junge, den man aus der Küche geholt hatte, streckte Exmoor die beiden geschlossenen Fäuste hin.

Der Oberbefehlshaber trat zur Seite und ließ Faber den Vortritt.

»Ihr seid mein Gast«, sprach er, »an Euch ist es, zu wählen.«

Faber berührte mit dem Finger die linke Faust des Jungen. Der drehte seine Hand um und öffnete sie: Es war ein weißer Bauer.

»Nehmt vor den Weißen Platz, Seigneur Faber«, sagte Porcaro, »und Ihr, Oberbefehlshaber Exmoor, setzt Euch hier. Die Partie beginnt, wann Ihr es wollt. Weiß eröffnet das Spiel.«

Stille trat ein.

Unter dem großen, luxuriös mit Wandteppichen geschmückten und wie der Saal eines Schlosses möblierten Zelt umstand eine Gruppe von Offizieren und zivilen Verwaltungsleuten die beiden Spieler. Der Hexenspiegel und der blaue Kristallpokal waren, voll im Licht, auf einer Kredenz platziert.

Exmoor rollte die Augen und schüttelte die Locken seiner Perücke, wie um einen närrischen Schreck zu mimen.

Erläuterungen

Sg1 – f3 Die Figurenbezeichnung steht bei König (K), Dame (D), Läufer (L), Springer (S) und Turm (T) als Großbuchstaben vor einem entsprechenden Spielzug dieser Figur. Bei Bauern entfällt der Buchstabe.

e2 – e4 Das Zeichen »–« bedeutet, dass ein Spielzug stattfindet. Man sagt e2 »nach« e4.

e5 x f6 Das Zeichen »x« bedeutet, dass bei diesem Spielzug eine gegnerische Figur geschlagen wird. Man sagt e5 »schlägt« f6.

Se5 – d3+ Das Zeichen »+« bedeutet, dass nach diesem Zug der gegnerische König im Schach steht. Man sagt »Schach«.

Faber ist bleich wie eine Wachskerze. Er streckt langsam die Hand zum Schachbrett aus und zieht:

	WEISS	SCHWARZ
1)	**e2 – e4**	

Exmoor antwortet klassisch mit: **d7 – d5**

Dann folgen die Züge aufeinander, alle ohne Überraschung:

2)	**e4 – e5**	**d5 – d4**
3)	**c2 – c3**	**f7 – f6**

In diesem Augenblick läuft eine Diagonale aus weißen und schwarzen Bauern über das Brett, vom weißen Turm »a1« bis zum schwarzen Turm »h8«.

4)	**e5 x f6**	**d4 x c3**
5)	**f6 x e7**	**c3 x d2+**

Die schwarze Dame ist in Gefahr, aber die Weißen müssen aus ihrem Schach heraus.

Faber zieht nun:

6) **Lc1 x d2**

Exmoor kontert mit: **Lf8 x e7**

7)	**Sg1 – f3**	**Sb8 – c6**
8)	**Sb1 – c3**	**Sg8 – f6**
9)	**Sc3 – e2**	**Sf6 – d7**
10)	**Sf3 – d4**	**Sc6 – e5**

Die eingekeilte schwarze Dame bildet offensichtlich ein vorzügliches Ziel.

Seiner durchschlagenden Wirkung gewiss, macht Faber den Zug:

11) **Sd4 – e6**

Doch Exmoor erwidert genial mit: **Se5 – d3+**

Einen Augenblick herrschte Verblüffung. Dann ließ Porcaro die unglaublichen Worte fallen:

»Seigneur Faber, Ihr seid schachmatt!«

Das ganze Zelt brach in Freudengeschrei und lautstarken Beifall aus. Exmoor hatte seine Perücke abgenommen und bedeckte sie mit stürmischen Küssen.

Porcaro gestikulierte heftig, um wieder Ruhe herzustellen. Schließlich erklärte er, nun komme die Revanche.

Üblicherweise spiele der Verlierer Weiß, darum behalte Seigneur Faber seinen Platz und Seigneur Exmoor spiele wiederum Schwarz.

Nach einem Augenblick des Nachdenkens eröffnet Faber das Spiel wie bei der ersten Partie mit:

	WEISS	SCHWARZ
1)	**e2 – e4**	

Exmoor reagiert identisch mit: **d7 – d5**

Dann aber nimmt die Partie einen ganz anderen Verlauf.

2)	**d2 – d3**	**e7 – e6**
3)	**Sg1 – f3**	**Sb8 – c6**

4) **Lc1 – g5** und bedroht die schwarze Dame.

Doch Exmoor reagiert kräftig und bietet dem weißen König Schach:

Lf8 – b4+

Faber entzieht sich dem Schach durch:

5) **Ke1 – e2**

Exmoor rettet seine Dame durch: **Dd8 – d7**

6) **Sb1 – c3** **Sg8 – f6**

7) **a2 – a3**

Diese Bedrohung seines Läufers erwidert Exmoor mit einer symmetrischen Bedrohung:

h7 – h6

8) **Lg5 – h4** **Lb4 – a5**

9) **e4 – e5** **d5 – d4**

10) **Sc3 – a4** **Sf6 – h5**

Faber bemächtigt sich brillant des schwachen Feldes c5:

11) **Sa4 – c5**

Die schwarze Dame ist angegriffen und hat nur noch ein Fluchtfeld.

Doch Exmoor erwidert mit einem Zug, der wie ein Blitz einschlägt:

Sh5 – f4+

Tödliche Stille lag über den beiden Spielern.

Exmoor blickte zu Porcaro auf, mit einem Gesicht, das erstaunte Unschuld ausdrückte. Porcaro musste sich fügen und die grässlichen Worte aussprechen:

»Seigneur Faber, Ihr seid erneut schachmatt!«

Von neuem erhob sich der Beifallssturm unter dem Zelt.

Exmoor warf bestürzte Blicke nach rechts und links, als erschrecke ihn das Ausmaß seines eigenen Erfolges. Porcaro beugte sich zu Faber und wechselte inmitten des Tumults einige Worte mit ihm.

Dann bat er um Ruhe und sagte, sich an Exmoor wendend:

»Seigneur Exmoor, nach zwei aufeinander folgenden Siegen seid Ihr endgültig Sieger, und ich weiß in der ganzen Gegend keinen besseren Spieler als Euch. Aber es ist eine Sitte – und ich schlage Euch vor, sie einzuhalten. Die Sitte, eine dritte Partie zu spielen, deren Ausgang ohne Bedeutung ist und die nur gespielt wird aus Liebe zum Spiel, mithin ohne Verpflichtung und Folgen. Spielt Ihr noch dieses dritte Spiel? Für diese Partie bekommt Ihr selbstverständlich Weiß.«

Nach Exmoors Zustimmung nahmen alle wieder ihre Plätze ein, und das erwartungsvolle Schweigen begann von neuem.

Würde Exmoor ein drittes Mal gewinnen?

Lange schaute er das Schachbrett an und überlegte. Dann bewegte sich seine große Hand und er machte mit seinem rechten Turm den Zug Th1 – g3, als handelte es sich um einen Springer. Dann blickte er fragend zu seinem Gegner auf.

Porcaro schaltete sich ein.

»Seigneur Exmoor, wir verstehen nicht. Dieser Zug ist nicht möglich.«

»Warum?«, fragte Exmoor. »Mein Stein kann sich nicht auf diese Art bewegen?«

»Seigneur Exmoor«, sprach Porcaro, »es handelt sich um einen Turm, nicht um einen Springer. Wisst Ihr das nicht?«

»Freund Porcaro, Freund Faber«, sprach Exmoor, während er aufstand – wobei sein Bauch das Schachbrett streifte und alle Figuren kunterbunt durcheinander warf. »Ehrlich gesagt, ja, ich wusste es nicht. Wie ich überhaupt von diesem Spiel nichts weiß. Es ist das erste Mal in meinem Leben, dass ich eine Schachfigur anrühre, und ich habe, was soll's, immer noch nichts kapiert von den Regeln dieses Spiels. Und um Euch alles zu sagen: Ich schere mich auch keinen Pfifferling darum.«

Faber stand nun seinerseits auf, und diesmal schien sogar er vor Zorn zu zittern.

»Ihr gebt vor, nichts vom Schach zu wissen, und doch habt Ihr mich gerade in weniger als zwölf Zügen geschlagen, und das zweimal?«

»Es ist die reine Wahrheit, Messeigneurs, und glaubt mir: Ich bin ebenso erstaunt wie Ihr.«

»Aber wie konntet Ihr denn Zug um Zug meine Züge erwidern, und das mit solchem Erfolg?«

»Das ist doch ganz einfach, Freund Faber. Weil ich nichts wusste von diesem Spiel, blieb mir nur ein Ausweg: Euch Punkt für Punkt zu imitieren. Das habe ich getan. Jeden Eurer Züge hab ich mit einem identischen Zug erwidert. Dass ich auf diese Art gespielt habe und Euch habe schlagen können, zudem gleich zweimal, das, seht Ihr, das ist Fortunas Wunder.«

Und abermals nahm er seine Perücke ab und küsste sie leidenschaftlich.

Ein ungeheures Gelächter erschütterte die Zeltwände.

Die Engländer gaben sich heftige Rippenstöße und brüllten vor Vergnügen. Nie, nein, niemals hatte ein Kriegsherr ähnliche Begeisterungsstürme erlebt!

Faber und Porcaro strebten, von ihren zwei Dienern begleitet, dem Ausgang zu. Exmoor trat auf sie zu.

»Ich hoffe, Messeigneurs, dass meine Gastfreundschaft Euch in glücklicher Erinnerung bleibt. Natürlich behalte ich den venezianischen Hexenspiegel, der mir, das muss ich gestehen, ungeheuer gefällt mit seiner spiegelnden, runden Wange. Das groteske Bild, das er mir von mir selbst gibt, macht mich im höchsten Grade fröhlich. Doch apropos Erinnerung, Monsieur Faber: Geht nicht mit leeren Händen fort, lasst mich Euch ein Erinnerungsstück schenken, das Euch an diesen denkwürdigen Abend erinnert und dessen Ihr, wie mir scheint, im höchsten Grade bedürftig seid, denn es ist, wie Ihr gerade festgestellt habt, ein mächtiger Glücksbringer.«

Und er streckte ihnen mit beiden Händen seine riesige Perücke, blond und gekräuselt und ganz feucht von seinem Schwitzen, entgegen. Faber zögerte. Das fehlte gerade noch, um diesem clownesken Abend die Krone aufzusetzen! Dann zuckte er die Achseln, und indem er Exmoor seinen haarigen Glücksbringer aus der Hand riss, ging er mit raschen Schritten zum Ausgang.

Etwas später, als sie sich der Häherklinge näherten, brach Porcaro Fabers mürrisches Schweigen.

»Was mich in dieser Geschichte verwundert, ist die Beständigkeit, mit der das Thema des Spiegels darin auftritt. Denn diese verrückten beiden Schachpartien waren eben Spiegelpartien: Mit jedem Zug kam es bei Weiß und Schwarz genau zu derselben Stellung der Figuren. Euer venezianischer Spiegel war zudem der Preis, um den es in diesem Wettkampf ging. Und bedenkt noch ein Weiteres: Könnte man nicht sagen, die Stellung der Belagerer und die der Belagerten seien getreue Abbilder, gespiegelt von der Mauer der belagerten Stadt? Wie seltsam das alles ist!«

Faber gab keine Antwort. Doch die Gedanken Porcaros trafen genau das, woran er selber schon wochenlang dachte.

5
Knall und Fall

Der Vollmond hätte die Nacht des 14. Dezember hell erleuchtet, wäre nicht schon von der Abenddämmerung an das ganze Loiretal in dickem Nebel ertrunken. Daraus erwuchs eine perlmuttschimmernde Dunkelheit, in der man wie in einem Traum umherging. Vielleicht kam es von dieser unwirklichen Stimmung – an diesem Abend waren die Gassen der Stadt sonderbar still und man hatte noch keine von den Säuferhorden und keinen von den Spielerkrawallen gesehen, wie sie gang und gäbe geworden waren, je mehr sich die innere Lage verschlechterte. Wenn Faber sich die ersten Stunden dieser Nacht ins Gedächtnis zurückrief, dachte er später, eine Erwartung, ein stilles Sich-Sammeln habe damals in der Luft gelegen, als habe sich jedermann in die dunkle Vorahnung ungewöhnlicher Ereignisse gefügt.

Eine Viertelstunde vor Mitternacht tranken die Dienst habenden Kriegsleute ihren Glühwein und rüsteten sich damit zu ihrem regelmäßigen Rundgang, für den es bald Zeit war. Die Stille war auffallend, beinahe unnormal. Auf einmal wurde sie von einer heftigen Detonation zerrissen, von der die ganze Stadt erbebte. Was war los? Hatten die Engländer einen Angriff gestartet? Jeder rannte zu seinen Waffen und beeilte sich, seinen Gefechtsposten einzunehmen. Auf den Treppen und Umgängen der Stadtmauern lief alles kreuz und quer durcheinander. Bald kam es zu einem Auflauf, der die Umgebung der Zinne versperrte, wo – in die Nacht hinaus zielend – die Feldschlange angebracht war. Das Geschütz rauchte noch. Es war klar: Der Schuss musste vor wenigen Sekunden von hier abgegeben worden sein. An einer Fackel, die in der Mauer steckte, tanzte die Flamme. Aber wer hatte den Docht angezündet? Fragen und Geschrei waren gut in Fahrt, als plötzlich ein Bogenschütze kam und am Ohr eine seltsame Gestalt daherschleppte. Es war – nach der Größe zu urteilen – ein Junge, aber man hätte ihn wegen der riesigen blonden Perücke, die er auf dem Kopf trug, auch für eine Frau halten können. In dem Augenblick, als die Detonation erscholl, hatte man ihn, die Perücke auf dem Kopf, auf der Stadtmauer laufen sehen. Gerade hatte man ihn in einem Wachttürmchen versteckt wieder gefunden.

Es war Lucio. Er gestand, er habe die Perücke bei seinem Vater gestohlen, um sich mit Kameraden seines Alters einen Spaß zu machen. Aber als er an der Zinne vorbeikam, wo die Feldschlange angebracht war, hatte er innegehalten, um die schöne Waffe zu bewundern. Sie war geladen, denn es schaute, sich ins

Licht schlängelnd, der Docht heraus. Die Fackel an der Mauer warf wunderliche Lichtfetzen auf die Zinne. Die vom Nebel silbern schimmernde Nacht lud zu zauberischem Tun ein. Lucio hatte dem Anreiz nicht widerstehen können. Er hatte die Fackel genommen und ihre Flamme an die Zündschnur gehalten. Die hatte sogleich unter Zischen und Funkensprühen Feuer gefangen. Erschrocken hatte der Junge die Fackel wieder an ihren Platz gesteckt und sich davongemacht. Kaum eine Minute danach ging der Schuss los.

Man warf Lucio ins Gefängnis, und jedermann kehrte murrend an seinen angestammten Platz zurück. Faber nahm die Nachricht, sein Sohn sei inhaftiert, mit einer Mischung aus Kummer und dunkler Genugtuung auf. So hatte das unsinnige Glück, das diesem kleinen Taugenichts immerfort lächeln zu wollen schien, ihn einmal doch verlassen! Von Exmoors Perücke wusste er nicht einmal mehr, was er damit gemacht hatte, und wenn es den Kindern Spaß machte, sich mit ihr zu vermummen, umso besser! Er würde sich beim Grafen für Lucios Freilassung einsetzen, sobald er die Lektion für ausreichend hielt.

Am nächsten Morgen schwand die Nacht, nicht aber der Nebel. Die Stadt und das Tal waren in eine blendend helle, milchige Blindheit versunken. Die Belagerten – deren Nachtruhe durch den falschen Alarm verkürzt worden war – kamen später als gewöhnlich aus den Häusern. Derer, die sich auf den Stadtmauern ergingen, harrte etwas Überraschendes: die Stille im englischen Lager. Sonst waren von dort immer Geräusche des Alltagslebens heraufgedrungen: Trompetengeschmetter, Hundegebell, Schimpfworte, Gesang, der tönende Hammerschlag des Hufschmieds auf seinem Amboss. An diesem Morgen jedoch konnte man die Ohren noch so sehr spitzen und in den Nebel hineinhorchen – es war vollkommen still. Wieder machte man sich Sorgen. Was bedeutete diese ungewohnte Ruhe? Hieß das nicht, dass ein Sturm auf die Stadt dicht bevorstand? Jeder bewaffnete sich und nahm seinen Gefechtsposten ein, während die Zivilisten sich in ihren Häusern verkrochen und zitternd warteten.

Um 10.10 Uhr kam dann der Knalleffekt. Genau in dieser Minute fegte eine schwache Südwestbrise den Nebel fort, und strahlende Sonne erhellte das Land. Über die Zinnen gelehnt, musterten die Belagerten angestrengt das Gelände in Richtung des englischen Lagers. Und was sahen sie? Nichts. Es war nichts mehr da, kein Zelt, kein Mensch, kein Pferd, kein Hund. Die Engländer hatten die Belagerung aufgegeben. Kein Pferd mehr? Doch, eines immerhin: eine arme Schindmähre, die mit gesenktem Kopf zu den Abfallhaufen und den erloschenen Feuern trottete.

Die Neuigkeit verbreitete sich mit Windeseile in der Stadt. Rauschende Freude löste die Verblüffung ab. Man umarmte sich, gratulierte sich – und hatte schon vergessen, dass sich ein paar Stunden zuvor fast alle hatten den Engländern ergeben wollen. Zum ersten Mal seit Monaten waren die Stadttore wieder offen und die Zugbrücke heruntergelassen. Wie gut tat es, wieder ohne Hindernis in die Ferne schweifen zu können! Man fand sich in dem Dorf Boisrenard ein.

Das Wirtshaus, das die Engländer so gastlich empfangen hatte, war verwüstet, und der Wirt und seine Frau verdankten ihr Leben nur einer überstürzten Flucht. Sylvain, der junge Kellner, den die Engländer auf eine Laune Exmoors hin gewaltsam ins englische Lager mitgenommen hatten, war nicht beunruhigt, zumal er über das, was geschehen war, viel zu berichten hatte. Er war im entscheidenden Augenblick dieser denkwürdigen Nacht in Exmoors Zelt gewesen. Er hatte alles gesehen, alles gehört. Er erzählte.

Der Oberbefehlshaber hatte mit seinem Stab lange und reichlich zu Abend gespeist. Auch getrunken hatte man viel und wohl über den Verstand hinaus. Die Gemüter waren erhitzt, die Gesichter puterrot. Sylvain erinnerte sich, dass die Offiziere ihrem Oberbefehlshaber Vorwürfe machten, weil er Faber seine Perücke gegeben habe. War sie nicht das Maskottchen des Regiments gewesen? Doch was den Streit vor allem erhitzte, war die Frage der Fortführung der Belagerung von Cléricourt. Man habe die eine Zeit lang gehegte Hoffnung aufgeben müssen, die Artillerie ankommen zu sehen. Seitdem habe man darauf verzichten müssen, die Stadt in absehbarer Zeit erobern zu können. Die Offiziere und die Mannschaften ertrügen die Untätigkeit, zu der sie verurteilt seien, nicht mehr. Es bleibe nichts anderes übrig, als die Belagerung aufzugeben. Es sei höchste Zeit, wenn man Christmas noch im Familienkreis feiern wolle.

Das letzte Argument hatte Exmoors Zorn erregt. Er hatte mit beiden Fäusten auf den Tisch getrommelt und etwas von Fahnenflucht, von Verrat gebrüllt. Das Glück war mit ihm, das hatte der denkwürdige Abend mit Faber doch bewiesen! Und er zeigte mit dem Finger auf den venezianischen Spiegel, den sichtbaren Beweis für die Gunst Fortunas.

Sodann hatte er sich an Sylvain gewandt und ihm befohlen, den berühmten Pokal zu bringen. Sylvain kam dem Wunsch nach. Exmoor hieß ihn den Pokal mit neuem Wein füllen. Danach stand er auf und wollte nach englischer Art einen feierlichen Toast ausbringen. Den Arm erhoben, wartete er, dass Ruhe einkehre. Endlich sprach er:

»Solange ich aus diesem Pokal trinke … schwöre ich bei Exmoors Treue … dass …«

Man erfuhr nie, was er hatte schwören wollen. Vielleicht, die Ufer der Loire nicht zu verlassen, ohne Cléricourt erobert zu haben? Man erfuhr es nie, denn es ereignete sich etwas Verblüffendes, Unglaubliches, Unbegreifliches. Eine Feldschlangenkugel durchlöcherte den Zeltstoff, zertrümmerte den Pokal in Exmoors Hand und zerschlug am Ende ihrer Bahn den venezianischen Spiegel hinter ihm in tausend Stücke. Man hätte meinen können, der Schuss sei unweit des Zeltes abgegeben worden. Doch keineswegs: Man hörte den fernen Abschussknall fast eine Sekunde nach dem Aufschlag der Kugel. Man musste annehmen, dass der Schuss von der Stadtmauer abgefeuert worden war, doch wie konnte man einen solchen Volltreffer mitten in der Nacht, bei dickem Nebel, auf eine so ungeheure Entfernung für möglich halten?

Exmoor war über und über mit Wein begossen und mit Kristallsplittern bedeckt. Seine »herrliche Schnauze« schien blutleer und so bleich wie seine Halskrause. Entgeistert blickte er auf den Fuß des Pokals, der ihm in der Hand geblieben war. Er wandte sich halb um und betrachtete den zertrümmerten Spiegel. Dann ließ er sich in seinen Sessel fallen. Er nahm seinen Kopf in die Hände und verharrte eine ganze Weile schweigend. Endlich sprach er mit einer Stimme, die so verändert war, dass man sie nur noch mit Mühe erkannte, die Worte:

»Ich befehle, alle Maßnahmen zu treffen, um das Lager noch vor Tagesanbruch zu räumen.«

So lautete der Bericht Sylvains, des einzigen französischen Zeugen, von einem kaum glaublichen Glücksfall, dem Cléricourt seine Befreiung verdankte.

Also war, dachte Faber, diese Feldschlange, die ein genaues, klarsichtiges, intelligentes Schießen erlauben sollte, nichts als das lächerliche Spielzeug Fortunas. Und – Gipfel des Lächerlichen! – alle Welt ist jetzt überzeugt, dass Exmoor sich dadurch zugrunde gerichtet hat, dass er seinen Perückenfetisch unserem Lager geschenkt hat. Was für ein Jammer!

Er hatte dennoch am Abend dieses Tages eine Erscheinung, die ihn mit väterlichem Stolz erfüllte, einem Stolz, den er freilich um nichts in der Welt jemandem, wer immer es sein mochte, eingestanden hätte. Lucio, sein Sohn, sein Kind – der ihm, ach, leider so wenig glich – war aus seinem Kerker geholt worden. Man hatte ihm die Belagerungskrone aufgesetzt und trug ihn als Befreier der Stadt im Triumph umher, im grellen Lichtschein der Knallkörper und der Freudenfeuer.

ENDE

Inhalt

Michel Tournier wurde 1924 in Paris geboren. Nach dem Studium der Philosophie und Rechtswissenschaften, u.a. in Tübingen, arbeitete er zunächst als Journalist, bevor er seinen ersten Roman, »Freitag oder im Schoß des Pazifik«, veröffentlichte. Heute zählt er zu den großen französischen Romanciers. Sein gesamtes erzählerisches Werk liegt auch in deutscher Sprache vor. 1970 erhielt er den wichtigsten französischen Literaturpreis, den ›Prix Goncourt‹, 1993 in Deutschland die Goethe-Medaille. Im Hanser Kinderbuch erschienen »Die Könige aus dem Morgenland« und »Freitag oder das Leben in der Wildnis«.

In gleicher Ausstattung liegt vor:

Michel Tournier

Die Könige aus dem Morgenland

144 Seiten

ISBN 3-446-17391-9

Die Heiligen Drei Könige, die Weisen aus dem Morgenland, wir kennen sie alle und wissen doch wenig über sie. Das Matthäus-Evangelium gibt nur spärlich Auskunft. In Tourniers Roman aber erfahren wir, wer sie waren, woher sie kamen und wohin sie gingen, nachdem das Wunder von Bethlehem ihr Leben für immer verändert hatte. Und wir vernehmen die unerhörte Geschichte des indischen Märchenprinzen Taor von Mangalore, der im Bund der Könige der vierte hätte werden können, wäre er nicht ein so guter Mensch gewesen.

Tourniers Erzählkunst ist artifiziell und zugleich einfach, voller märchenhafter Bilder von orientalischer Farbkraft, gewürzt mit einer Prise Ironie und durchzogen von resignativer Milde.

Frankfurter Allgemeine Zeitung

Eine ungewöhnliche Weihnachtsgeschichte, eine eindrucksvolle Interpretation dessen, was Christentum ausmacht, und ein Lesevergnügen bei einer scheinbar allzu bekannten Geschichte.

Der Tagesspiegel

In gleicher Ausstattung liegt vor:

Michel Tournier
Freitag oder das Leben in der Wildnis

160 Seiten

ISBN 3-446-17887-2

Wie einst bei Defoe, so strandet Tourniers Robinson auf einer winzigen Südseeinsel. Und auch er nimmt sie in Besitz und macht sich zu ihrem Beherrscher. Als er Freitag, den Wilden findet, macht er ihn zu seinem Sklaven. Doch mit Freitag beginnt die Unterwanderung seiner Herrschaft. Je mehr Robinson versucht, dem Jungen seine Regeln beizubringen, desto mehr muss er erkennen, wie sinnlos seine Bemühungen um Disziplin und Ordnung auf der Insel sind. Mehr und mehr ergibt sich Robinson der Insel und Freitag. Schließlich siegt nicht sein Streben nach Zivilisation, sondern Freitags Form des Zusammenlebens, die sich im Einklang mit der Natur befindet. Der bedeutende Roman eines der größten französischen Schriftsteller unserer Zeit.

Ein zauberhaftes Buch an der Grenze von der Jugend- zur Erwachsenenliteratur. Tourniers schnörkellose Sprache schafft eine stille poetische Stimmung, die den Leser verzaubert.

Oldenburgische Volkszeitung

Beim langsamen, wiederholten Lesen eröffnet das Buch immer neue Tiefen, enthüllt immer neue poetische Zaubergebilde. Dies ist nicht zuletzt der vorzüglichen Übersetzung zu verdanken.

Bulletin Jugend&Literatur 11/1997